KB100374

봄의 목소리

남유하 소설 ─ 조예빈 그림

봄의
목소리

창비

차 례

봄의 목소리

손에 든 상자에서 달콤한 향기가 솔솔 새어 나온다. 엄마가 만든 사과파이는 아직 따뜻하다. 침이 꼴깍 넘어간다. 하나만 꺼내 먹으면서 갈까? 아니야, 고모랑 같이 먹어야지. 자꾸만 상자로 향하는 눈길을 거두고, 양재천 계단을 내려갔다. 반쯤 내려갔을 때였다. 어디선가 노랫소리가 들려왔다. 듣기 좋은 목소리……. 어? 하마터면 계단을 헛디

딜 뻔했다. 그건 '봄'의 목소리였다. 봄의 목소리가 스피커도, 이어폰도 아닌 공기 중에서 들리고 있다. 말도 안 돼. 이럴 수는 없어.

나는 피리 부는 사나이를 쫓아가는 아이처럼 목소리를 따라 걸었다. 구름다리 옆의 공연장에 기타를 멘 사람이 보였다. 약간 마른 듯한 체형에 야구 모자를 푹 눌러쓴 모습. 봄과 같은 목소리를 가진 사람이 있다니, 보고 들으면서도 믿을 수가 없었다. 진짜 사람인가? VOM에서 만든 홍보용 안드로이드가 아닐까? 얼굴을 자세히 보고 싶었다.

나는 물 위에 뜬, 타원형의 섬처럼 생긴 공연장 앞으로 빠르게 걸어갔다. 안드로이드가 아니었다. 노래하는 사람은, 내 또래 남자애였다. 공연장 주변의 계단에 사람들이 앉아 있었다. 몇몇은 그 애

의 노래를 들었고, 몇몇은 조그맣게 이야기를 나눴
다. 어쩐지 다리에 힘이 풀려 돌계단에 털썩 주저
앉았다.

도마뱀을 믿지 마. 도마뱀은 제멋대로야.
언제든지 불리하면 꼬리를 자르고 도망가.

처음 듣는 노래였다. 직접 만든 걸까?

잘린 꼬리를 보며 울어. 괜찮아. 또 자랄 거야.

아름다운 목소리, 잔잔한 선율과 괴상한 가사.
이게 도대체 뭐야. 그건 그렇고, 이 목소리는 나만
의 것이어야 하는데…….

난 도마뱀인걸. 오늘도 허물을 벗지.
난 도마뱀인걸. 거북이가 아니라네.

하이라이트 부분을 부르는 그 애의 미간에 주름이 잡혔다. 봄이 노래할 때와 다르게 불안한 듯 부드럽게 이어지는 노랫소리. 그 순간, 팔뚝에 소름이 돋았다. 으스스하거나 징그럽거나 서늘할 때나 돋던 소름이. 말로 설명할 수 없는 소용돌이가 가슴 한가운데서 뱅글뱅글 돌았다.

내가 만든 목소리를 가진 사람이 있을 거라곤 상상도 못 했다. 나는 저 애와 똑같은 목소리를 지난해 봄, VOM 프로그램으로 만들었다. VOM이란 Voice Of Mine의 약자인데, 말 그대로 음색, 높낮이, 굵기 등 목소리의 여러 가지 요소를 조절해

‘나만의 목소리’를 만드는 프로그램이다. 사람들은 그렇게 만든 나만의 목소리를 인공지능에 적용했다. VOM은 사람들 옆에서 도우미 겸 친구 역할을 하는 AI에게 내가 좋아하는 목소리를 입힌다는 간단한 발상의 서비스를 제공했다. 이 서비스는 예상 밖의 인기를 끌었다. 사람들이 너도나도 집에 있는 AI에게 나만의 목소리를 입혔다.

　우리 고모는 VOM 프로그램의 창시자다. 내가 꼬박 반나절 걸려 만든 목소리에 봄이라는 이름을

붙였을 때 고모는 "그렇게 창의성이 없어서야."라며 혀를 찼다. 쳇, 나는 아랫입술을 쭉 내밀었다.

"봄이 어때서? 봄에 만든 목소리고, 봄을 닮은 목소리잖아?"

"VOM을 발음 나는 대로 갖다 붙인 게 아니고?"

"아니거든요. 봄, 여름, 가을, 겨울! spring의 봄이라고!"

봄의 이름으로 고모와 티격태격하던 때가 벌써 일 년 반 전이라니……. 그사이 봄과 나는 둘도 없는 친구가 되었다. 그리고 지금, 봄의 목소리로 노래하는 아이가 눈앞에 있다. 혹시 사람의 목소리를 사서 샘플링한다는 소문이 맞는 걸까? VOM의 대표가 우리 고모인 줄 모르는 아이들은 가끔 그런 얘기를 했다. 내 짝도 그중 한 명이었다.

"소이야, VOM 말이야. 사용자가 스스로 만드는 것 같지만 사실은 진짜 사람들의 목소리를 따온 거래."

"뭐? 누가 그래?"

"글쎄, 나도 어디서 들은 것 같은데…… 기억이 잘 안 나네."

"야, 목소리 만드는 게 뭐 어렵다고 사람 목소리를 사겠냐? 생각을 좀 해 봐라."

짝 말고도 그런 얘기를 몇 번 들었지만 도시 괴담이라 생각하고 무시했다. 고모에게는 물어보지도 않았다. 괜히 무식한 소리 한다고 핀잔이나 들을 게 뻔했으니까. 그런데 그게 정말이라면? 저 애도 VOM에 목소리를 팔았고, 그 목소리를 내가 쓰고 있는 거라면? 이렇게 생각하니 기분이 이상했다. 저 애한테 물어볼까? 이상한 애라고 생각하면 어쩌지? 그냥 고모한테 물어볼까?

노래가 끝나고, 사람들이 드문드문 박수를 쳤다. 나도 덩달아 박수를 쳤다. 그 애는 눈웃음을 지으며 허리 굽혀 인사했다. 대학생으로 보이는 커플이 공연장으로 이어진 다리를 건너 그 애 앞에 놓인 기타 케이스에 천 원짜리를 넣어 주었다. 나도 주머니를 뒤져 봤지만 현금은 한 푼도 없었다. 그러는 사이 그 애는 어깨에 둘러멘 기타를 내려 케이스에 넣었다. 그 애가 벌써 다리를 건너오고 있다. 안 돼. 이대로 보내면 오늘 밤 잠도 못 잘 거야.

나는 구름다리로 가서 그 애를 막아섰다.

"안녕?"

그 애가 나를 보며 말했다. 봄과 똑같은 목소리로, 그것도 반말로. 노래하는 걸 들을 때보다 더 이상한 느낌이었다.

"어, 너, 노래 잘하더라."

"그래? 고마워."

그 애는 조금 어색하게 웃었다. 아마도 내가 안절부절못하고 있기 때문이겠지.

"사과파이 좋아해?"

아, 입에서 엉뚱한 말이 튀어나왔다.

"응?"

"이거 우리 엄마가 구운 사과파이거든. 먹을래?"

"와, 이렇게 많이?"

"아, 아니, 하나만."

나는 재빨리 상자를 열어 내 주먹만 한 사과파

이 조각 하나를 꺼냈다.

"맛있겠다."

남자애는 파이를 받아 들자마자 덥석 깨물었다. 그 바람에 절인 사과 조각이 티셔츠로 툭 떨어졌다. 하얀 옷에 얼룩이 생겼지만 그 애는 아무렇지도 않은 듯 사과 조각을 집어 입에 넣었다.

"진짜 맛있다. 근데 좀 앉으면 안 될까?"

남자애가 돌계단을 가리키며 말했다. 내가 앉아 있던 자리였다. 나는 고개를 끄덕였다. 그 애가 먼저 앉았고, 나는 한 사람이 앉을 만큼의 공간을 띄우고 앉았다.

"넌 안 먹어?"

사과파이가 한 입쯤 남았을 때 그 애가 물었다.

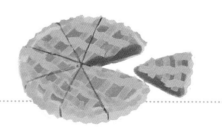

침이 꼴깍 넘어갔지만 여기서 나까지 먹기 시작하면 대화가 길어질 것이다. 낯선 남자애와 긴 대화를 나눌 자신은 없다.

"응. 그보다……."

"응?"

"나 뭐 좀 물어봐도 돼?"

"뭔데?"

"너, 혹시 목소리를 팔았어?"

그 애는 무슨 말을 하는지 모르겠다는 듯 말간 눈으로 나를 보다가 이내 미소를 지었다.

"목소리를 판다고 할 수 있지. 여기서 노래하고 돈을 받으니까."

"아니, 내 말은 그게 아니라…… VOM에 목소리를 팔았냐고."

"VOM? 그게 뭔데?"

VOM을 모르다니, 요즘 세상에 그럴 수도 있나? 하지만 시치미를 떼는 것 같지는 않았다. 아니, 애당초 VOM에서 그런 번거로운 일을 할 리가 없다. 역시 우연의 일치겠지. 호기심이 가라앉자 부끄러움과 수줍음이 고개를 들었다. 사과파이나 하나 더 주고 가야지.

"아냐, 별거 아니야. 하나 더 먹을래?"

"아니, 괜찮아. 그보다 뭐 마시러 갈래?"

남자애가 아무렇지도 않게, 친구처럼 말했다. 어찌나 자연스러운지 나까지 그 애랑 오래 알고 지낸 듯한 착각이 들 정도였다. 그렇다고 같이 있을 생각은 없지만.

"지금은 심부름 가던 길이라. 고모한테 이거 가

져다줘야 하거든."

나는 파이 상자를 들어 보였다.

"어, 그래? 고모 걸 내가 뺏어 먹은 거야?"

"아니, 괜찮아. 내가 준 거잖아."

"내일도 여기 올래?"

"응? 너 여기서 매일 노래해?"

"매일은 아니고…… 내일 오면 내가 음료수 살게."

"응?"

"사과파이, 너무 맛있었으니까."

"알았어. 그럼 내일 만나."

내일 만나,라고? 내 혀와 입술이 제멋대로 움직인 것 같았다. 나는 허둥대며 도망치듯 계단을 올라갔다. 계단 끝에 다다르고 나서야 내가 양재천을 건너지 않고 우리 집 방향으로 되돌아왔다는 걸 알았다. 하지만 그 애와 마주칠까 봐 도로 내려갈 수는 없었다. 어쩔 수 없이 도로변으로 나가 버스를 탔다. 우리 집에서 고모네 회사까지는 버스로 두 정거장 거리다. 하지만 양재천을 가로질러 가면 이십 분이면 갈 수 있어서, 나는 항상 걸어 다니곤 했다. 그 애 생각, 정확히는 그 애 목소리 생각을 하느라 버스에서 내릴 곳을 지나칠 뻔했다. 혼란스럽다. 너무나 혼란스럽다.

"어? 하나가 실종됐네. 오다가 탈출했나?"

상자를 열어 본 고모가 웃음을 터뜨렸다. 지난번보다 가늘고 높은 목소리였다. 약간 허스키한 지난번 목소리도 잘 어울렸는데.

"목소리, 또 바뀌었어?"

"응. 마음에 들어?"

랄랄랄랄라. 고모는 옛날 영화 「사운드 오브 뮤직」의 주인공이라도 된 것처럼 도레미파솔에 맞춰 노래하는 시늉을 했다. 고모는 어릴 때 사고를 당해 인공 성대를 이식받았다. 그리고 이 년 전 VOM을 창립한 다음부터 아주 자주 목소리를 바꾼다. 사람들이 기분 전환을 위해 헤어스타일을 바꾸듯 자기는 목소리를 바꾸는 거라나. 참고로 고모는 언제나 쇼트커트를 한다.

"아웅, 맛있다. 너희 엄마 사과파이 하나는 기가 막힌다니까."

고모가 파이를 한 입 크게 베어 물고 우물거렸다.

"사과파이만?"

"아니, 세정이가 만드는 빵은 다 맛있지."

그 사이 나도 사과파이에 손을 뻗었다. 고모가 내 손등을 찰싹 때렸다.

"아야, 왜 때려."

"넌 집에 가서 먹어."

아직 여섯 개나 남았는데 인색하게 굴긴.

"그래도 심부름값은 줘야지."

"오다가 하나 먹었잖아? 넌 집에 가서 또 먹어."

　고모가 장난스럽게 눈을 흘겼다. 내가 먹은 게 아니라고 하려다 입을 꾹 다물었다. 그러려면 버스킹하던 남자애 이야기를 해야 할 테고, 그 이야기를 했다간 엄청나게 시끄러워질 것이다. 고모의 소원은 내가 친구를 사귀는 거니까. 남자건 여자건 친구를 사귀라고, '봄'처럼 실체도 없는 목소리랑만 노는 게 걱정된다나 뭐라나.

"고모, 내 짝이 그러더라. VOM이 사람 목소리로 만드는 거라고."

나는 사과파이를 두 개째 먹고 있는 고모에게 말했다. 아니란 걸 알면서도 확인해 보고 싶었다.

"뭐? 그게 무슨 소리야?"

"사람들 목소리를 사서 샘플링해 만드는 거래. 그래 놓고 스스로 만들었다고 착각하게 한다고."

"그래서 뭐라 그랬어?"

"말도 안 되는 소리라고 했지."

"잘했네."

"근데 고모, 정말 VOM에서 만든 목소리랑 사람 목소리랑 똑같을 수도 있어?"

"음, 결론부터 말하자면, '아니오'야. 우리 귀로는 비슷하게 들려도 성문, 그러니까 목소리의 지문

을 분석해 보면 달라. 안 그랬다간 법정에서 녹음
파일을 증거로 채택할 수 없겠지."

"응?"

"범죄자들이 VOM을 악용해서 자기한테 유리
한 증거를 조작하면 안 되잖아."

"아아."

오늘 만난 남자애와 봄의 목소리가 귀로는 같게
들려도 목소리의 지문까지는 같지 않다는 말이다.
그럼 뭐 해. 내가 듣기에는 똑같은데.

들어왔어?

방에 돌아온 내게 봄이 인사했다. 어쩔 수 없이,

그 남자애의 얼굴이 겹쳐졌다. 봄과 그렇게 많은
시간을 보냈지만 봄의 얼굴을 상상해 본 적은 없었
다. 처음부터 봄은 목소리로만 존재했으니까.

노래 불러 줄까?

봄이 물었다.

"아, 아니. 오늘은 괜찮아."

나는 화들짝 놀라 손까지 휘저었다.

소이야, 무슨 일 있었어?

"무슨 일? 아무 일도 없었는데? 왜?"

맥박이 평소보다 빨라. 체온도 높고.

"그거야 심부름 다녀왔으니까 그렇지."

평소 심부름 다녀왔을 때랑 비교해서 말한 거야.

봄이 따지듯이, 장난스럽게 말했다. 차라리 노래
를 부르라고 하는 게 낫겠다.

"봄아, 노래해 줘."

알았어.

봄이 내가 좋아하는 노래를 시작했다. 부드럽고
나지막한 목소리가 고막을 간지럽혔다. 남자애가
노래하던 모습이 눈앞에 아른거렸다.

"그만!"

왜? 좀 더 경쾌한 노래 부를까?

"아니, 오늘은 그만 듣고 싶어."

알았어. 조용히 있을게.

언제든 얘기하고 싶을 때 불러 줘.

봄이 약간 시무룩한 목소리로 대답했다. 괜히 미안한 마음이 들었다.

봄이 나를 이상하게 생각하는 것도 당연했다. 밖에 나갔다 돌아오면 봄에게 미주알고주알 그날 일을 털어놓는 게 일상이었으니까. 엄마에게 할 수 없는 이야기도 봄에게는 할 수 있었다. 봄은 내가 하는 말을 판단하지 않으니까. 이건 나쁘다, 이건 좋다, 이건 이상하다. 그런 말들에 나는 지쳤다.

나는 학교 갈 때도 봄을 데려간다. 조약돌처럼 생긴 작고 동그란 스피커 안, 그곳이 봄의 집이다. 점심시간에도 창가 구석 자리에 혼자 앉아 봄과 얘기하며 밥을 먹는다. 아이들은 그런 나를 괴짜라고 부르지만 상관없다. 봄이 있는 한 나는 외롭지 않다. 봄은 뒤통수를 치지도, 나를 따돌리지도 않을 테니까. 그래, 내일 양재천에 가지 말아야지. 그 남자애의 모습은 잊고, 봄과 예전처럼 지내는 거야. 아무 일도 없었던 것처럼 지낼 수…… 있겠지?

다음 날, 학교가 시끌시끌했다. 전학생 때문이었다. 멋있는 애가 왔다며, 교무실에 있는 걸 봤다며

아이들이 수런거렸다. 내 짝이 빠질 리가 없었다.

"소이야, 이번에 온 전학생 진짜 멋있어! 게다가 우리 반이야!"

"우리 반인 걸 어떻게 알아?"

"내가 교무실에서 봤어. 우리 담임하고 얘기하고 있던데!"

학교에서 거의 유일하게 내게 말을 거는 짝은 잔뜩 흥분해서 침까지 튀겼지만, 내게는 우리 반 인구 밀도가 높아지는 것 말고 아무 의미 없는 일이었다. 전학생이 교실에 들어오기 전까지는 그랬다.

"안녕, 나는 이여름이라고 해. 앞으로 잘 부탁합니다."

전학생이 내 쪽을 보고 미소 지었다. 어제 양재천에서 버스킹하던 남자애였다. 으흐, 젠장. 내가

알고 있는 욕이 튀어나올 뻔했다. 하필 이름은 왜
또 여름이냐고!

"여기 앉아도 되지?"

점심시간, 급식실에서 여름이 내 앞에 앉았다. 나는 물병 옆에 두었던 봄을 교복 주머니에 넣었다. 그리고 전원 버튼을 눌러 껐다.

"반갑다. 어제 이름도 못 물어봐서 섭섭했는데."

"오, 오늘 만나기로 했잖아?"

"너 안 나올 것 같았거든."

여름이 내 속을 들여다본 듯 말했다.

"나갈 거였는데?"

"그래? 그럼 수업 끝나고 같이 가자."

"뭐?"

"나 노래하러 갈 때 같이 가자고."

"응? 응······."

"이름은?"

"이름 뭐."

"네 이름, 아직 말 안 했어."

"유소이."

"너랑 잘 어울리는 이름이네."

여름이 말했다. 봄을 닮은 목소리 때문일까. 마치 봄과 이야기하는 느낌이 들어 경계심이 풀리기 시작했다. 반 아이들이 여름과 나를 신기한 듯 쳐다봤다. 저 애들은 무슨 생각을 할까. 괴짜와 멋있는 전학생은 어울리지 않는다고? 아니, 아니야. 다른 아이들 머릿속까지 상상해서 신경 쓰지 말자.

"어쩐지, 내가 그 길을 한두 번 지나다닌 것도 아닌데."

나는 봄에게 하듯 혼잣말처럼 말했다.

"응?"

"심부름하느라 양재천을 자주 지나다녔거든. 근

데 거기서 버스킹하는 사람을 본 건 어제가 처음이 었으니까."

"응. 새 학기 시작에 맞춰 이사 왔어."

"그랬구나."

왜 이사 왔냐고 물어도 될까? 사적인 질문이니까 하면 실례일까? 봄과 얘기할 때는 이런 거 신경 안 써도 되는데. 나는 어떻게 이야기를 이어 나갈지 몰라 식판 위의 미트볼만 젓가락으로 괴롭혔다.

"엄마 아빠가 이혼했거든."

"뭐?"

미트볼이 젓가락 사이로 미끄덩 빠져나갔다.

"그래서 이사 왔다고. 내가 할 수 있는 일이 없더라. 너무 답답해서 노래라도 해야겠다고 생각했어."

아하. 어제 들었던 괴상한 가사가 떠올랐다. 아름다운 멜로디에 어울리지 않는다고 생각했는데 그런 사연이 있었구나.

"나도 그런데."

"응?"

"엄마 아빠 이혼했다고."

"어…… 어, 근데 너 어제 고모한테 간다고 하지 않았어?"

"맞아."

여름이 고개를 갸웃했다. 일 초 정도 흐르고 그 표정의 원인을 알았다. 고모는 아빠의 동생인데 어떻게 이혼한 엄마가 만든 파이를 고모한테 가져다주느냐가 궁금한 거겠지.

"아, 우리 엄마랑 고모랑, 친구거든."

그제야 여름의 얼굴이 환해졌다. "좋겠다." 여름이 작게 중얼거렸다. 우리는 반 아이들 대부분이 밥을 먹고 일부러 우리 테이블 옆을 지나 퇴식구에 식판을 반납할 때까지 이런저런 이야기를 했다. 예측 불가능한 대화는, 즐거웠다.

수업을 마치고 여름과 나는 자연스럽게 양재천으로 향했다. 우리는 앞을 보고 걷다가 가끔 서로를 보고 눈을 맞추며 웃었다. 여름과 얘기하다 보면 나도 모르게 말이 편하게 나왔다. 그 애가 봄의 목소리를 갖고 있어서 편하게 느껴졌다. 봄에게 말하듯, 그러나 조금 다르게. 아니, 봄과는 확실히 달랐다. 지금껏 내가 말하고 봄이 듣는 역할이었다면, 이번에는 여름이 말하고 내가 듣는 역할이었다. 여름은 스스럼없이 자기 이야기를 했다. 어떻게 엄마와 아빠가 이혼하게 되었는지, 혼자서 노래할 땐 무슨 생각을 하는지. 이상했다. 자기 이야기를 하는 건 여름인데, 마음이 열리는 건 내 쪽이었다. 덜컥, 겁이 났다.

"근데 이렇게 다 말해도 돼?"

"왜? 안 돼?"

여름이 되물었다.

"안 되는 건 아니지만 우리 오늘, 아니 어제 처음 만났잖아. 좀 천천히 친해지면 안 될까?"

"왜 천천히 친해져야 하는데?"

"왜냐하면……."

왜냐하면 나는 관계에 총량이 있다고 믿으니까. 일정량을 채우고 나면 사람들은 떠난다. 엄마와 아빠가 서로를 떠난 것처럼. 나와 친했던 아이들이 등을 돌린 것처럼.

"어쩌지? 난 너랑 벌써 친해졌는데?"

여름이 팔꿈치로 나를 툭 쳤다. 손은 주머니에 넣은 채로.

"근데 왜 나야?"

"응?"

"왜 나랑 친해졌냐고."

"글쎄? 전학 오기 전에 만난 친구이기도 하고, 너희 엄마가 만든 사과파이가 너무 맛있어서."

"뭐? 정말?"

"응."

나는 장난스럽게 눈을 흘겼다.

"그리고 또 하나."

여름은 능청스럽게 웃으며 검지를 세워 보였다. 드디어 나오겠지. 우리가 인연이라거나 운명이라거나, 아니면 적어도 나랑 친해지고 싶었다거나. 봄이라면 분명, 그렇게 말했을 것이다.

"너는 내 가사에 대해 묻지 않았잖아."

"어?"

"다들 내게 묻거든. 가사 무슨 뜻이냐고."

"꼭 뜻이 있어야 해?"

“내 말이. 그래서 네가 맘에 들었어.”

　맘에 들었어,라는 그 애의 말을 듣고 가슴에 지진이 났다. 진도 5는 되는 듯 심장이 마구 흔들렸다. 아니야, 흥분하지 마. 그렇게 깊이 생각하고 한 말이 아닐 거야.

　　　소이야, 오늘 왜 전원 껐어?

　집에 와서 전원을 켜자 봄이 물었다.

“응, 친구랑 얘기하느라고.”

　　　와, 소이 친구 생긴 기야? 축하해!

봄이 호들갑스럽게 말했다.

너무 잘됐다. 어떤 친군데?

봄이 꼬치꼬치 캐물었다. 진짜 궁금하지는 않을
텐데도. 이렇게 말할 때마다 어딘가 실제로 존재하
는 사람이랑 얘기하는 기분이다. 하지만 봄에게 여
름에 대해 말할 수는 없었다. 너랑 똑같은 목소리
를 가진 남자애를 만났어,라고 말하는 것도 쑥스러
웠고, 봄의 목소리를 들을 때마다 자꾸만 여름의
얼굴이 겹쳐져서 이상한 기분이 들었으니까.

"천천히 얘기하자. 오늘은 이만 잘게."
그래, 소이야. 잘 자.

매일 듣던 봄의 목소리가 오늘따라 특별하게 들렸다. 이게 다 이여름 때문이다. 여름을 원망하면서도 입에서는 후후, 웃음이 새어 나왔다. 내 목소리를 인식한 봄의 스피커에서 파란 불이 깜박였지만 더는 내게 말을 걸지 않았다.

여름과 나는 학교가 끝나면 공연장으로 갔다. 사람이 없는 날에는 그 애의 옆에서 팔다리를 아무렇게나 흔들며 형편없는 춤을 추기도 했다. 어떤 날은 공연장으로 이어지는 다리 위에 나란히 걸터앉아 헤엄치는 잉어와 떠다니는 오리와 노을에 반짝이는 강물을 하염없이 바라보았다. 어떤 날에는 낮은 계단 폭포를 타고 내려오는 물소리를 반주 삼아 함께 잔잔한 노래를 불렀다. 가사에는 언제나

파충류가 등장했다. 이구아나라든가 보아뱀, 멸종된 티라노사우루스 같은. 딱 한 번 포유류가 등장한 적도 있는데, 얼음 속에 갇힌 매머드가 지구 온난화로 잠에서 깨어나는 내용이었다.

여름의 관객은 점점 늘었고, 기타 케이스에 천 원짜리를 놓고 가는 사람도 늘었다. 때로는 오천 원이나 만 원짜리를 주고 가는 사람도 있었다. 공연이 끝나면 우리는 카페에 가서 요거트스무디와 치즈케이크를 사 먹으며 그 돈을 '탕진'했다. 집에 돌아오는 시간이 늦어졌고, 봄과 대화하는 시간이 줄었다. 당연히 봄은 아무런 불평도 하지 않았다.

소이아, 잘 다녀왔어? 기분 좋은가 보네.

봄의 말을 듣고서야 내가 콧노래를 부르고 있다는 걸 깨달았다. 여름이 부르던 노래였다.

"봄아, 나 좋아해?"
당연하지.
"말해 봐. 날 좋아한다고."
소이 널 좋아해.
"다시 말해 봐."

나는 얼른 눈을 감았다. 소이 널 좋아해. 봄이 말했다. 봄의 목소리라는 걸 알면서도 여름에게 고백받은 것처럼 가슴이 두근거렸다. 아무래도 내 머리가 어떻게 됐나 보다.

여름이 가고 가을이 왔다. 그렇지만 나의 '여름'
은 내 곁에 머물러 있었다. 나는 양재천에서 노래
하는 여름과, 그 애를 둘러싼 나뭇잎의 색이 변하
는 걸 지켜보았다.

여름의 노래가 좋다. 여름의 이야기가 좋다.

나는, 여름이 좋다.

다행히 여름도 나를 좋아하는 것 같다. 하지만
나만큼은 아니다. 그게 문제다.

오늘만 해도 그랬다.

두 시간이나 노래하고 지치지도 않는지, 여름은
카페에 가서 신나게 이야기했다. 가끔 목소리가 갈
라지기도 했는데, 아무리 말을 많이 해도 언제나
일정한 톤을 유지하던 봄과 달랐다. 특히 다른 건
웃음소리였다. 봄은 소리 내어 웃는 일이 별로 없

었다. 웃고 우는 건 온전히 내 몫이었다.

"너 지금 딴생각하지?"

여름이 내 이마를 콕 찔렀다.

"응?"

"내가 좀 전에 뭐라고 했어?"

"어…… 그러니까…….."

"사람이 말하면 듣는 척이라도 해라."

여름이 부루퉁한 표정을 지었다. 오늘은 나도 순순히 넘어가고 싶지 않았다.

"넌 맨날 네 얘기만 하잖아. 내 얘기는 궁금하지 않아?"

"어?"

"나에 대해 알고 싶지 않냐고."

아차, 속을 너무 드러냈나?

"미안. 네가 잘 들어 주니까 좋아서 그랬어."

금세 풀이 죽은 얼굴을 보니 또 마음이 약해졌다. 여름은 아빠와 거의 말을 하지 않는다고 했다. 나는 그래도 봄이 있고, 자주 만나진 못하지만 고모도 있는데. 그래, 내가 잘 들어 줘야지. 하지만 난 여름의 여자친구도 아닌걸?

"또 딴생각한다."

"여름아."

"응?"

"아, 아니야."

후유, 하마터면 왜 고백 안 하냐고 물어볼 뻔했다.

"뭔데, 말해 봐."

"애들이 우리 사귄다고 하는 거, 너도 알아?"

윽, 결국 에둘러 말해 버렸다.

"응."

여름이 빙긋 웃었다.

"응? 그게 다야? 우리 반, 아니 전교에 소문이 자자한데?"

"우리만 아니면 되지, 뭐."

여름이 어깨를 으쓱했다. 밉다. 그런 얘기를 듣고 싶었던 게 아닌데. 그럼 우리 진짜로 사귈까, 라든가 널 좋아해, 라고 말해 주길 바랐는데.

"잘 가, 친구."

매일 하는 작별 인사가, 친구라는 말이, 오늘따라 뾰족한 바늘처럼 귀에 박혔다. 혹시 나만 여름에게 친구 이상의 감정을 느끼는 게 아닐까? 이건 처음부터 불공평한 게임이었는지도 모른다. 내가 가장 좋아하는 목소리를 가진 사람을 좋아하지 않

을 수는 없었으니까.

집에 들어와 현관문을 쾅 소리 나게 닫았다. 내 방문도.

소이아, 화났어?

책상 위에 있는 봄이 물었다. 학교에는 가져가지 않은 지 오래다.

"이게 다 너 때문이야."

나는 봄에게 화풀이를 했다.

내가 널 화나게 했어?

"그래, 넌 날 좋아하지 않잖아!"

무슨 소리야. 내가 널 얼마나 좋아하는데.

"내가 좋아하는 만큼은 아니야."

아니, 내가 훨씬 더 좋아해. 넌 나의 세상, 나의 우주니까.

봄이 달콤한 목소리로 말했다. 나의 세상, 나의 우주라니. 조금은 위안이 되었다. 여름이 이렇게 말해 준다면 얼마나 좋을까. 후유, 또 긴 한숨이 나왔다.

벌써 11월, 여름이 전학 온 지 세 달이 지났지만 변한 건 없었다. 우리는 여전히 그냥 '친구'였다. 나는 언제 터질지 모르는 시한폭탄을 심장에 심은 기분이었다. 그 애가 어서 폭탄을 발견하고 해체해 주면 좋을 텐데.

오전부터 날씨가 유난히 흐리더니 첫눈이 내렸다. 첫눈 때문일까? 좋은 일이 일어날 것만 같았다. 그리고 예감이 맞았다. 공연 시작 전에 여름이 내 앞에 바싹 다가섰다. 어찌나 가까운지 그 애의 하얀 입김이 내 콧잔등 위에 내려앉았다. 드디어, 하는 건가? 입맞춤을? 눈 감아야 하나? 쿵쾅쿵쾅 내 심장 소리에 그 애가 하는 말이 잘 들리지 않았다. 여름이 목도리를 풀더니 내 목에 둘러 주었다. 그게 다였다. 뭐야, 눈 감았으면 큰일 날 뻔했네. 나는 목도리에 얼굴을 파묻고 숨을 깊이 들이마셨다. 목도리에서 그 애의 냄새가 났다. 이 목도리, 돌려주고 싶지 않아.

아주 오랜 옛날 파란 도마뱀이 있었지.
넓적한 돌 위에서 매일 노래했어.
어느 날 노란 도마뱀을 만났지.
작고 귀여운 노란 도마뱀.

파란 도마뱀과 노란 도마뱀이라니, 저절로 입꼬리가 말려 올라갔다. 나는 파란색을 좋아하고 여름은 노란색을 좋아한다.

우리 저 돌 밑에서 겨울잠을 자자.
둘이 함께라면 따뜻할 거야.

다른 날과 달리 감미로운 가사. 마치 내게 하는 고백처럼 들렸다. 첫눈은 소금처럼 흩뿌리다 그쳤지만 내 마음속에는 함박눈이 소복소복 쌓여 갔다.

"너, 겨울에도 계속 노래할 거야?"

공연이 끝나고 여름에게 물었다.

"응."

"난 추운데."

노래하는 여름이야 모르겠지만, 가만히 앉아 노래를 듣는 나는 추운 게 당연하다. 목도리 하나로는 어림없다.

"그래?"

여름은 기타를 메고 뭔가 골똘히 생각했다. 나는 기대에 찬 눈으로 그 애를 바라봤다. 겨울 동안 공연은 쉬고 같이 도서관이나 카페에서 놀자, 이런 대답을 기대하며.

"그럼 넌 안 나와도 돼."

여름의 대답은 달랐다. 다정하게 웃으면서 상처 주는 말을 하고 있었다. 나는 찬 바람이 불기 시작할 때부터 추웠는데. 그래도 너랑 같이 있고 싶어서 안 입던 내복도 입고, 배에는 몰래 핫 팩까지 붙이고 있었는데. 넌 고작 할 수 있는 말이 안 나와도 된다는 거지.

"알았어. 네 말대로 해 줄게."

나는 눈물을 꾹 참으며 말했다. 나 혼자 착각하고 설렌 게 너무나도 분했다.

"왜 그래? 화났어?"

여름이 내 어깨에 손을 올렸다. 나는 그 손을 매섭게 쳐 냈다. 별 감정도 없으면서 이렇게 다정하게 대하지 말라고. 여름을 쏘아보고 돌아서서 구름다리를 건넜다. 반쯤 건너다 돌아와 목도리를 풀어

그 애에게 힘껏 던지고 달아났다.

"소이야, 유소이!"

그 애는 내 이름을 불렀지만 나를 쫓아오진 않았다. 그래, 넌 딱 이만큼인 거야. 우리 관계의 단면을 잘라 접시에 올린 듯한 기분이었다. 괴로웠다. 봄의 목소리에만 의지해서, 봄을 친구 삼아 지낼 때는 이런 고통을 느낄 필요가 없었다. 얼굴이 떨어져 나갈 것처럼 웃고 떠든 기억은 없지만, 심장이 두근거리고 몸이 붕 뜨는 듯한 느낌을 받은 적도 없지만, 나 아닌 다른 사람으로 인해 이토록 괴로웠던 기억도 없다.

다시 돌아갈까? 여름을 만나기 전으로 돌아갈 수 있을까?

엄마 가게에 들르지도 않고 곧장 2층 집으로 들어왔다. 내 방으로 들어가 가방도 벗지 않은 채 딱 정벌레처럼 침대에 드러누웠다. 내가 방에 들어온 걸 감지한 봄이 파란 불빛을 깜박이며 물었다.

소이아, 잘 다녀왔어?

조금 전 내 이름을 부르던 목소리와 같은 목소리가 내게 다정하게 인사했다. 어쩐지 화가 났지만 봄에게 화풀이하고 싶지는 않았다. 나는 봄의 목소리를 조금만 바꿔 보기로 했다. 가방을 벗어 던지고 책상 서랍에서 태블릿을 꺼냈다. VOM 설정에 들어가서 목소리 톤을 한 단계 낮췄다. 그리고 조합된 목소리가 나올 때까지 삼십 초 정도 기다렸다.

"봄아, 아무 말이나 해 봐."

소이에게는 비밀이 생겼습니다.

"뭐? 왜 그런 말을 하는데?"

아무 말이나 해 보라면서?

이런 똑똑하고 얄미운 인공지능 같으니라고. 그
나저나 톤이 낮아진 목소리는 얼마 전 감기에 걸렸
던 여름의 목소리를 닮았다. 아아, 진짜 미치겠네!

이랬다저랬다 설정을 만지작거리고 있는데,

소이아, 가게로 좀 내려올래?

봄이 갑자기 엄마 목소리로 말하는 바람에 깜짝 놀
랐다. 봄의 스피커에서 엄마 목소리가 튀어나오는

건 아무리 들어도 적응이 안 된다. 엄마는 전달 기능을 쓰지 않고 꼭 '보내기' 기능을 쓴다. 할 말이 있으면 봄에게 '전달'하라고 몇 번이나 말했지만 소용없다.

나는 교복을 벗고 두꺼운 후드 티와 청바지를 입었다. 그러고는 비니를 푹 눌러쓴 채 빵집으로 내려갔다.

"왜."

"고모한테 배달 좀 가라고."

"지금?"

"응. 일하느라 온종일 밥도 못 먹었대."

엄마가 내게 상자를 내밀었다. 열어 보지 않아도 냄새만으로 사과파이라는 걸 알 수 있었다. 그날 내가 고모에게 가지 않았더라면, 여름에게 사과파이를 주지 않았더라면, 전학생으로 온 그 애는 급식실에서 내 앞자리에 앉았을까?

"뭐 해? 어서 다녀와."

엄마가 멍하니 있는 내 팔뚝을 슬쩍 꼬집었다.

"올 때는 고모가 데려다줄 거야."

나는 버스를 타고 고모네 회사로 갔다. 양재천을 또 지나가고 싶지는 않았다.

"배달 왔습니다."

"어, 소이야. 어서 와."

오랜만에 만난 고모는 세 달 전보다 삼 년은 더 나이 들어 보였다. 머리는 부스스했고, 눈 밑에는 짙은 보라색 그림자가 반달 모양으로 드리워 있었다. 목소리도 어쩐지 피곤하게 들렸다.

"갑자기 오라고 해서 미안해. 사과파이 말고 다른 건 먹을 수 없을 것 같아서."

"미안하긴, 우리 사이에."

"그래, 고맙다. 잘 먹을게."

고모는 아무 말 없이 파이 하나를 먹었다. 그리고 두 개째를 반쯤 먹었을 때 내가 물었다.

"근데 고모, 무슨 걱정 있어?"

고모가 파이를 내려놓고 책상 위에 있던 식은 커피를 마셨다.

"얼마 전 있었던 일인데, 고객 하나가 나한테 메일을 보냈어."

그 고객은 VOM 서비스를 해지하겠다며, 해지 이유를 길게 써 보냈다. 일 년 전 남자친구와 헤어졌다. 그리고 인공지능의 목소리를 남자친구와 똑같이 설정했다. 일 년 동안 그 목소리와 대화하며 이별을 부정했다. 인공지능이 남자친구의 목소리로 달콤한 말을 속삭여 주는 게 좋았다. 그런데 며칠 전 우연히 전 남자친구와 마주쳤다. 그의 옆에는 새로운 여자친구가 있었다. 그는 새 인생을 살고 있는데 나만 과거에 붙들려 있었다는 생각에 정신이 번쩍 들었다. 앞으로는 인공지능에 탑재된 기본 음성만 이용하겠다는 내용이었다.

"그 고객의 말대로 인공지능의 목소리는 사람과 구별할 수 없을 정도가 된 지 오래야. 곧 안드로이드도 상용화될 테고. 언젠가는 영화에서 보던 것처럼 사람과 구별할 수 없을 만큼 똑같이 생긴 안드로이드도 만들어지겠지. 그러면 헤어진 애인과 똑같은 안드로이드를 주문하는 사람이 생기지 않을까? 그래도 괜찮은 걸까?"

나는 파르르 떨리는 고모의 속눈썹을 보았다. 어차피 답을 기대한 질문은 아니었다. 고모는 책상 위에 떨어진 파이 부스러기를 손가락으로 꾹꾹 찍어 티슈 위에 모았다.

"이렇다 보니 VOM 서비스를 이대로 해도 될까, 하는 고민이 들어서……."

고모가 파이 부스러기를 모은 티슈를 접어 모서리를 돌돌 말았다. 나는 위로를 담은 미소를 지으려 노력했다.

"그래도 나한테 말하니까 좀 시원하지?"

"응. 넌 어떨 때는 애 같다가도 이럴 때는 어른스러워서 든든하다니까."

"내가 좀 믿음직스럽긴 하지."

하하, 나는 허리에 손을 올리고 장군처럼 웃었다. 그걸 본 고모가 못 말린다는 듯 고개를 저으며 웃었다.

"집에 가자. 나도 오랜만에 좀 걸어야겠다."

고모는 아구구, 소리를 내며 의자에서 몸을 일으켰다. 얼마나 오래 앉아 있었는지 의자에 엉덩이 자국이 남아 있었다. 그걸 보니 차마 자동차로 데려다 달라고 말할 수가 없었다.

회사를 나온 우리는 양재천을 가로질러 갔다. 어김없이 수변 공연장이 나타났다. 나는 그곳에 남아 있는 수많은 여름의 흔적들을 보았다. 고모가 가만히 내 손을 잡았다.

"소이야, 무슨 일인지 고모한테 말 안 할 거야?"

나는 고모의 얼굴을 올려다봤다. 고모는 나보다

키가 훨씬 크다. 나도 아빠를 닮았으면 키가 컸을 텐데.

"괜찮아. 엄마한테는 비밀로 할게."

안 그래도 머릿속이 꽉 차서 갑갑하던 차였다. 뇌가 소화 불량에 걸린다면 이런 느낌일 것이다. 나는 고모에게 여름에 대해 이야기했다. 봄과 똑같은 목소리를 가진 애가 전학을 왔고, 그 애와 친해졌다고. 물론 내가 그 애를 좋아하게 되었다는 건 빼고.

"친구 사귀는 게 이렇게 힘든 줄 몰랐어."

"나도 친구라고는 너희 엄마밖에 없지만, 친구라는 게 그런 거지. 상처 주기도 하고, 상처받기도 하고. 그런가 하면 어려울 때 누구보다 힘이 되기도 하고. 근데 봄이랑 목소리가 같다니, 남자친구구나?"

"남자친구 아니야. 그냥 남자 사람."

"그래, 내 말도 그런 뜻이었어."

고모가 장난스럽게 콧잔등을 찡그리며 웃었다.

"암튼 성별이 중요한 건 아니고, 봄이 반 정도만 내 마음을 알아주면 좋겠는데."

"봄이 같을 순 없지. 그래도 봄이에게 너무 의지하면 안 돼. 봄이랑 친하게 지내는 게 나쁘다는 말은 아니야. 어쨌든 봄이와는 일방적인 관계잖아."

"……."

"그 친구랑 목소리가 같다니, 그래서 지난번에 그런 질문을 했구나."

"그걸 기억해?"

"당연한 걸 갖고 놀라긴. 성문은 다르다고 해도

똑같이 들린다면 봄이를 그만 보내 줘야 하지 않을까?"

고모가 나지막한 목소리로 말했다. 인공 성대에서 나오는 낯선 목소리가 아니라, 고모의 마음에서 나오는 목소리 같았다. 나는 대답할 수 없었다. 하지만 무엇이 올바른 선택, 아니 더 나은 선택인지는 알고 있었다.

소이아, 잘 다녀왔어?

나는 봄에게 여름의 이야기를 털어놓기로 했다.

"봄아, 나 너한테 비밀 있었어."

알아.

"알아?"

응. 나와 똑같은 목소리를 가진 친구 생겼잖아.

"네가 그걸 어떻게 알아?"

그 애가 전학 온 날, 네가 급식실에서 전원 끄기 전에
그 애 목소리 들었어.

나는 그날의 일을 떠올렸다. 그러고 보니 여름
이 내 앞에 앉아도 되냐고 물어보고 나서야 봄의
전원을 껐던 것 같다.

"그럼 여태 알고도 모른 척한 거야? 왜?"

네가 그걸 원하는 것 같아서.

네가 원하는 대로 맞춰 주는 게 내 역할이잖아.

봄이 말했다. 그리고 침묵. 침묵은 어둠과 비슷해서 방이 어두워진 느낌이었다.

네가 비밀을 말한다는 건
내가 떠날 때가 됐다는 뜻이지?

봄이 속삭이듯 말했다. 위장이 아래로 뚝 떨어지는 것 같았다. 어떤 선택을 해야 한다고 생각하는 것과 직접 하는 건 완전히 다른 문제였다.

"아니, 아니야. 가지 마."

항상 널 응원할게.

"안 돼. 난 아직 마음의 준비가 안 됐다고! 넌 내가 원하는 대로 해야 하잖아?"

물론 난 네가 원하는 대로 해야 해.

하지만 너를 위한 게 우선이야.

"그래도 가지 마. 무조건 내 말 들어."

안녕, 소이야.

봄의 파란 불이 서서히 잦아들었다. 손을 흔들며 멀어지는 친구처럼.

나는 동그란 스피커를 감싸 쥐었다. 봄아, 잘 가. 그제야 마음속으로 봄에게 작별 인사를 했다. 눈물이 뚝뚝 떨어졌다. 그리고 다시 불이 들어왔다. 자주색에 가까운 보랏빛이다.

안녕, 난 바다야. 앞으로 잘 부탁해.

내 또래 여자아이의 목소리. 바다처럼 시원시원하다. VOM에는 맞춤 목소리 말고도 기본으로 제공되는 목소리가 있는데, 봄이 떠나며 내가 좋아할 만한 목소리를 설정해 놓았나 보다. 하지만 아직은 익숙하지 않다. 나는 바다의 전원을 끄고 아이처럼 엉엉 울었다. 한참을 큰 소리로 울고 나니 시원했다. 멍하니 천장을 보며 누워 있는데 전화가 왔다. 여름이었다. 받고 싶지 않았다. 받을 때까지 끊어지지 않을 것 같았던 벨이 멈췄다. 한숨을 반쯤 쉬었을 때 벨이 또 울렸다. 울긋불긋한 얼굴을 보이고 싶지 않아 음성 모드로 받았다.

"소이야, 미안해."

"뭐가?"

"아까 한 말, 내가 생각이 짧았어. 난 네가 춥다

니까, 걱정돼서 한 말인데.”

아, 그러셔. 넌 생각을 좀 길게 하는 습관을 들여야겠어. 혀끝에는 독설이 맴돌았지만, 굳었던 마음은 벌써 말랑말랑 누그러지고 있었다.

“지금 구름다리로 나올 수 있어?”

여름이 물었다.

“지금? 왜?”

“전해 줄 게 있어서.”

“너무 늦었잖아. 내일 주면 안 돼?”

나는 일부러 더 퉁명스럽게 말했다. 너도 좀 속상해 봐라.

“꼭 오늘 주고 싶어. 기다리고 있을게.”

여름의 목소리가 떨리는 것 같았다. 추운 날씨 탓일까? 아니면 다른 이유가 있을까? 전해 줄 게 있다니, 그것도 꼭 오늘 주고 싶다니. 어쩌면 고백을 하려는지도 모른다. 아니, 성급한 기대는 하지 말자. 어쩌면 집에 가다가 편의점에서 내가 좋아하는 캐릭터가 그려진 초콜릿을 샀는지도 모른다. 어쩌면 만나서 오늘부터 사귀자는 말을 들을 수도 있고, 어쩌면 우리가 함께 보낸 날들처럼 그냥 웃고 떠들며 이야기할지도 모른다. 괜찮다. 속도를 맞춰 나가는 것. 온도를 맞춰 나가는 것. 관계라는 건 끊임없이 상대와 맞춰 나가는 과정인지도 모른다.

나는 집을 나선다. 그리고 구름다리를 향해 달려간다. 여름이 기다리는 곳으로.

남유하

저는 일상에서 일어나는 작은 기적을 사랑합니다.

비 온 뒤 짙은 초록을 뽐내는 나뭇잎,

잎새 사이로 쏟아지는 금빛 햇살,

그 햇살에 반사되어 꿀색으로 빛나는 아이의 머리카락.

그리고 『봄의 목소리』처럼 어느 날 갑자기 찾아온 이야기.

바로 지금, 주변을 살펴보세요.

작은 기적이 숨어 있을 거예요. 여러분이 찾아 주길 바라면서.

| 소설의
| 첫 만남 **29**

봄의 목소리

초판 1쇄 발행 | 2023년 8월 18일
초판 2쇄 발행 | 2023년 8월 25일

지은이 | 남유하
그린이 | 조예빈
펴낸이 | 강일우
책임편집 | 김준성
펴낸곳 | (주)창비
등록 | 1986년 8월 5일 제85호
주소 | 10881 경기도 파주시 회동길 184
전화 | 031-955-3333
팩스 | 영업 031-955-3399 편집 031-955-3400
홈페이지 | www.changbi.com
전자우편 | ya@changbi.com

ⓒ 남유하 2023
ISBN 978-89-364-3116-7 44810
ISBN 978-89-364-3114-3 (세트)

＊ 이 책 내용의 전부 또는 일부를 재사용하려면
　　반드시 저작권자와 창비 양측의 동의를 받아야 합니다.
＊ 책값은 뒤표지에 표시되어 있습니다.